BAKUGAN®
ARMORED ALLIANCE

Adapté des épisodes « L'entraînement des Fantastiques – Première partie » et « L'entraînement des Fantastiques – Deuxième partie ».
D'après le scénario de Kazuhiko Inukai.

Novélisation : Élizabeth Barféty.
Conception graphique du roman et mise en pages : Julie Le Berre.

Hachette Livre, 58, rue Jean-Bleuzen, 92178 Vanves Cedex

BAKUGAN
ARMORED ALLIANCE

UN ENTRAÎNEMENT SPÉCIAL

hachette
JEUNESSE

DAN KOUZO

Dynamique et audacieux, Dan est le chef de file des Fantastiques, et il a vraiment l'étoffe d'un héros. Sa devise ? « Au combat ! » Drago, son Bakugan, prend la forme d'un noble dragon.

WYNTON STYLES

Wynton est le cerveau du groupe. Pour compenser son intelligence hors du commun, il aime faire des farces, ce qui lui attire souvent des ennuis ! Son Bakugan, Trox, est un adversaire redouté.

LIA VENEGAS

Lia est une jeune fille créative et pleine de vie. Caméra en main, elle ne manque jamais de filmer les Bakugan et leurs exploits. Sa partenaire, Pegatrix, se considère comme la reine des Bakugan.

SHUN KAZAMI

rès mature pour son âge, Shun parcouru la moitié du globe our rejoindre l'équipe des Fantastiques. Son Bakugan, Hydorous, est véritablement le prince des mers.

LIGHTNING

Ce bouledogue au caractère bien trempé n'est pas un chien ordinaire. Comme les autres Fantastiques, il peut combattre avec un Bakugan... même s'il a un peu peur du sien, Howlkor !

AJIT

Le mystérieux garçon accompagné d'un puissant Bakugan Doré n'a qu'un souhait : défier Dan et Drago. Pourtant, il ne semble rien connaître aux Bakugan. Qui est-il vraiment ?

CHINA RIOT

China est une Combattante très talentueuse. Le problème, c'est son caractère... Elle se prend pour une star et veut prouver au monde entier qu'elle est la meilleure !

BENTON DUSK

Benton est un vieil ami des Combattants Fantastiques. Passionné par les Bakugan, il lutte pour leur protection et défend leur culture à travers le monde.

Chapitre 1

EN ROUTE !

Aujourd'hui, les Fantastiques sont en voyage ! Ils ont pris place à bord d'un vaisseau qui file dans le ciel à grande vitesse. L'intérieur est très luxueux : les amis ont assez d'espace pour se promener tranquillement ou observer le paysage qui défile à travers les longues fenêtres de l'appareil.

C'est Shun qui a déniché cette fusée – plus précisément, c'est Toshi, l'un des gardes chargés de sa sécurité, qui a mis le vaisseau à sa disposition. C'est aussi grâce à Shun que les Combattants peuvent atteindre leur destination : le centre d'entraînement Bakugan de la famille Kazami !

Car ce voyage a un but : amener les Fantastiques à leur meilleur niveau, en vue de la Ligue de Combats de Bakugan, la compétition organisée par Benton Dusk, qui réunira les meilleurs Combattants du monde !

– Alors, où se trouve ce fameux centre ? interroge Wynton, impatient.

– Il est juste sous nos yeux, répond Shun, avec un petit sourire.

En effet, les installations apparaissent à présent devant eux. En voyant le centre d'aussi haut, on se rend compte de ses dimensions... Il est gigantesque !

Niché au cœur de la nature, il comporte un bâtiment principal, où les Combattants peuvent dormir, manger et se détendre, mais aussi cinq terrains d'entraînement, délimités par de larges cercles. Ils offrent des environnements variés aux Combattants : l'un ouvre sur le grand lac de la propriété, le deuxième sur les roches de la montagne, qui se dresse à sa droite, le troisième est situé dans une clairière parfaitement dégagée, tandis que les deux derniers sont boisés.

Une chose est sûre : ici, les Fantastiques auront tout l'espace nécessaire.

– Waouh ! C'est formidable, murmure Wynton, impressionné. Et immense !

– Génial ! s'exclame Dan en les rejoignant. On va pouvoir manger tout ce qu'on voudra et jouer à des jeux !

Ses amis lui lancent des regards étonnés. Mais Lightning et Dan se sont déjà précipités vers leur bagage le plus précieux : une boîte de jeux divers et variés !

Ils enfilent une paire de lunettes, sous laquelle est fixée une moustache noire. Dan s'empare d'une cible de fléchettes, d'un paquet de cartes et d'une baguette de magicien.

– Je suis prêt, annonce-t-il aux autres, satisfait. Que la fête commence !

À ses côtés, Lightning aboie, tout aussi enthousiaste, en désignant la caisse derrière eux. Ils ont emporté une console portable, des voitures télécommandées, des figurines... Bref, ils ont de quoi s'occuper ! Et les deux amis ne sont pas les seuls à s'y intéresser : les Bakugan des Fantastiques sont justement en train de l'explorer !

– Il y a une tonne de jeux, là-dedans ! s'exclame Trox, ravi.

– Regardez, je crois que celui-là, c'est un jeu d'adresse ! ajoute Pegatrix.

– Il y a aussi des jeux de hasard, de stratégie et de mémoire, constate Hydorous.

– Je sens qu'on va bien s'amuser ! conclut Drago.

Pendant un instant, Lia, Wynton et Shun restent muets, stupéfaits. Puis Shun éclate de rire et rappelle :

– Nous n'allons pas au centre d'entraînement pour jouer. Nos séances vont nous permettre de nous préparer pour la Ligue de Combats de Bakugan !

Chapitre 2

UNE PLACE AU CLASSEMENT

Ça y est, les Fantastiques sont arrivés au centre d'entraînement. Après avoir déposé leurs affaires dans les chambres du bâtiment principal, ils se retrouvent dans la salle commune.

Dan a déjà un soda à la main. Il propose avec enthousiame :

– Ça vous dirait de commencer par une baignade dans le lac ?

– Excellente idée ! approuve Wynton.

Mais Lia interrompt leur projet en poussant un cri. Elle est penchée sur l'écran de sa tablette.

– Regardez ! s'exclame-t-elle. Le classement provisoire de la Ligue de Combats est affiché en ligne ! Tous les Combattants inscrits apparaissent dans l'ordre dans lequel ils devraient terminer au classement final.

Aussitôt, ses amis la rejoignent. Tous veulent savoir la place qui leur a été attribuée dans le classement !

– Moi, comme je vais être le champion, je suis sûrement au premier rang ! se vante Dan.

Lightning aboie : lui aussi est certain de figurer parmi les meilleurs !

– Voyons voir, souffle Lia, en parcourant la liste.

Soudain, elle fronce les sourcils.

– C'est impossible, je suis à la septième place ! s'indigne-t-elle. Même China Riot est devant moi au classement !

– Voyons, ce n'est pas grave, ne te fâche pas, essaie de la rassurer Wynton, tout en se penchant pour chercher son nom.

Quelques secondes plus tard, il recule, furieux.

– Quoi ?! s'écrie-t-il. Je suis à la huitième place, derrière Lia ?

– Rappelez-vous : ce n'est qu'un classement provisoire, tempère Shun.

– C'est facile à dire, Shun. Toi, tu as la deuxième place ! lui fait remarquer Lia.

Le garçon ouvre de grands yeux, surpris et flatté.

– Ce n'est qu'une prévision, se reprend-il aussitôt.

Pourtant, une question est dans tous les esprits.

– Alors, qui est premier au classement ? finit par demander Wynton.

– Voyons, on sait tous qui c'est ! réplique Dan, avec un sourire confiant.

– Non, mais c'est pas vrai ! crie Lia, en découvrant la réponse. C'est Lightning !

Aux anges, ce dernier pousse un aboiement joyeux et fier.

– Quoi ?! s'exclament d'une même voix Dan, Wynton et Shun.

Ils ne s'attendaient pas à ça. Surtout Dan...

– Il doit y avoir une erreur ! déclare-t-il aussitôt, en arrachant la tablette des mains de Lia pour vérifier par lui-même.

Mais ses yeux ne font que lui confirmer les annonces de Lia. Pire, il n'apparaît nulle part ! Paniqué, il scrute le bas de la liste... jusqu'à ce qu'il repère enfin son nom.

Sous les regards inquiets de ses amis, Dan lâche la tablette et se laisse tomber sur le canapé.

– Je suis à la trente-troisième place ! gémit-il, désespéré. C'est pas sérieux !

Après un moment d'abattement, le Combattant se redresse, les poings serrés.

– Très bien, oublions les jeux de cartes et les fêtes ! On est tous ici pour s'entraîner dur pour la Ligue de Combats de Bakugan ! déclare-t-il, déterminé.

– Pas de jeux ? proteste Drago.

À ses côtés, Trox affiche le même air déçu. Mais leurs partenaires Combattants les ignorent.

– Tu as raison, Dan ! s'exclame Wynton. On n'a pas une minute à perdre !

– Il y a beaucoup de monde dans ce classement, renchérit Shun. Vu le nombre de Combattants inscrits, je crois qu'on va effectivement devoir travailler très dur...

– Et puisqu'on devra tous s'affronter lors du tournoi, réfléchit Lia, il serait sans doute préférable de le faire séparément.

– Très bonne idée ! approuve encore Wynton.

Shun presse un bouton sur le côté de la grande table ronde. Aussitôt, un plan détaillé du centre apparaît.

– Dans ce cas, dit-il à ses amis, chacun devra choisir sa zone d'entraînement.

On dirait que le voyage des Fantastiques vient de prendre une toute nouvelle tournure...

Chapitre 3

CHACUN POUR SOI !

Les Combattants se sont réparti les terrains, et Shun a sélectionné celui qui donne sur le lac. Pas étonnant : c'est le plus adapté pour son Bakugan favori, Hydorous.

– Vas-y, lui ordonne Shun alors qu'Hydorous émerge de l'eau. Tempête Surprise !

Le Bakugan s'exécute, provoquant des remous à la surface calme du lac.

– À ton tour, Ramparian ! poursuit Shun avec son second partenaire. Générateur d'Orages !

Les puissants jets d'énergie font s'élever dans les airs une colonne d'eau.

– Grâce à la Ligue de Combats, je vais pouvoir montrer à tout le monde à quel point j'ai progressé, se félicite Shun.

Au même moment, sur l'un des terrains boisés, Lightning s'entraîne, lui aussi. D'un aboiement, il appelle Howlkor, son Bakugan à trois têtes.

Ce dernier surgit de la forêt à pleine vitesse.

– Compte sur nous, déclare-t-il. Nous allons faire de toi le champion de la Ligue de Combats de Bakugan !

Concentré, Lightning aboie de nouveaux ordres à l'intention de son deuxième Bakugan, qui les a rejoints. L'entraînement se poursuit. Ce n'est pas parce qu'il est actuellement à la première place du classement qu'il va se relâcher. Bien au contraire...

Lia a, elle aussi, choisi de s'entraîner au milieu de la forêt. Elle fait courir Pegatrix sur une longue ligne droite dégagée. Et, comme à son habitude, la jeune fille filme tout son entraînement. Elle peut ainsi le visionner tranquillement par la suite et voir ce qu'elle devrait encore améliorer.

– Pegatrix ! Frappe de Cristal ! crie-t-elle soudain.

– À tes ordres, Lia ! répond son Bakugan.

L'attaque est impressionnante et maîtrisée. Il est temps de passer à son Bakugan suivant.

– Sairus ! Coup Foudroyant ! ordonne Lia.

Une flèche d'énergie touche le sol, soulevant la terre sur plusieurs mètres de haut.

– Pendant le tournoi, les combats seront intenses, dit la jeune fille à haute voix. Surtout quand je devrai affronter les Fantastiques...

Elle n'a pas peur ; au contraire, elle a hâte d'y être !

Installé sur le terrain de montagne, Wynton travaille également avec ses Bakugan. Comme toujours, ils sont très performants et puissants.

– Belle attaque, Trox ! Et toi aussi, Batrix ! les félicite le garçon. C'est exactement ce qu'on doit faire ! En s'entraînant, on deviendra plus forts, et on sera les champions de la Ligue !

Wynton n'a jamais été aussi motivé à l'idée d'être le premier. Cette fois, il ne cédera pas sa place !

C'est sur le dernier terrain, la vaste clairière dégagée, que Dan a choisi de s'entraîner. Il fait travailler Gillator, à qui il crie :

– Le moment est venu d'utiliser ton Baku-Gear ! Brise Faction !

De véritables canons apparaissent sur les épaules du Bakugan. Les rayons d'énergie qu'ils produisent sont impressionnants...

– Ce tournoi va être absolument génial ! se réjouit le garçon. Les meilleurs Combattants du monde seront là !

Soudain, Drago l'interpelle.

– Hé, Dan ? Nous ne faisons que perfectionner nos techniques, constate le Bakugan. Ce n'est pas un vrai entraînement. Je crois que nous devrions nous entraîner avec les autres...

– Mais nous sommes rivaux, maintenant, proteste Dan. C'est impossible !

– C'est pourtant ce que nous sommes censés faire, insiste Drago.

– On doit perfectionner nos techniques si on veut être capables de s'améliorer, rétorque Dan.

Il est rare que Dan et Drago soient en désaccord. Mais, cette fois, aucun des deux ne semble prêt à changer d'avis...

Le soir, après l'entraînement, leur débat se poursuit. Dan s'est isolé pour déguster un hamburger et des frites.

– Tu ne manges pas avec les autres ? l'interroge Drago.

– Bien sûr que non, réplique Dan, très sûr de sa décision. Ce sont mes rivaux, désormais !

– Alors, nous ne jouerons pas à des jeux ce soir non plus ? demande Drago.

– Ce n'est pas le moment de s'amuser, déclare Dan. Notre but, c'est d'être sacrés champions de la Ligue de Combats. On doit gagner, c'est tout ce qui compte !

Drago soupire. Ça ne va pas du tout. Il doit agir. Mais comment ?

Pendant ce temps, à Los Volmos, Ajit prend une décision.

– Pharol, ça te dirait de rendre visite aux Fantastiques encore une fois ? propose-t-il.

– Tout à fait, répond ce dernier.

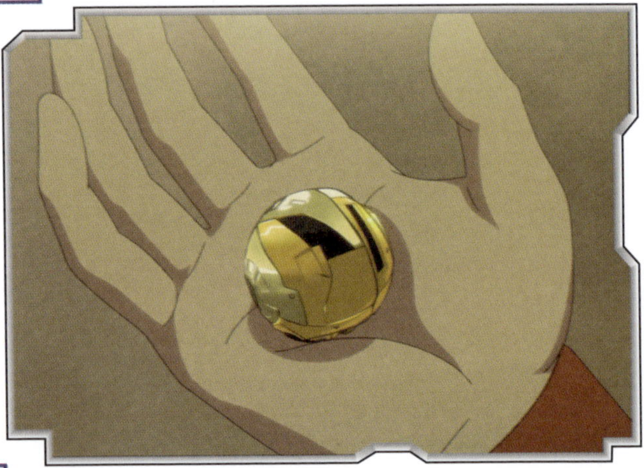

L'apprenti voleur sort de sa poche un Bakugan enroulé et lui souffle :

– J'aimerais bien que tu puisses te réveiller, toi aussi...

Si cela se produisait, ses retrouvailles avec les Fantastiques seraient vraiment magiques.

Mais la perspective de consacrer plus de temps aux combats de Bakugan suffit à donner le sourire à Ajit.

Le pauvre ignore qu'au même moment, les cinq amis sont plus éloignés les uns des autres que jamais...

Chapitre 4

UNE PARTIE DE CARTES

À la tombée de la nuit, dans le bâtiment principal du centre d'entraînement, Drago a convoqué les autres Bakugan pour une réunion secrète.

– Écoutez-moi tous, commence-t-il. Les choses ne peuvent pas continuer ainsi. Vous êtes d'accord ?

Pegatrix acquiesce gravement.

– Lia n'arrivera jamais à se surpasser en travaillant de cette façon, déclare-t-elle.

– En plus, s'inquiète Hydorous, dans la réalité, nous devrons nous battre contre des Bakugan de différentes factions...

– Et il ne s'agit pas que de l'entraînement, remarque Trox. Si nous sommes toujours séparés, comment allons-nous nous amuser ?

– Tout le monde était heureux dans le vaisseau, soupire Howlkor. Que s'est-il passé ?

– Cette situation ne profite à personne, conclut Drago. On doit tenter de les réconcilier.

Les Bakugan réfléchissent. Comment procéder ?

Soudain, Drago aperçoit un jeu de cartes sur la table. Voilà qui lui donne une idée. Il échange un regard avec Trox. Ils pensent visiblement à la même chose !

– Alors, les amis, lance ce dernier, ça vous dirait de vous amuser ?

Fatigué par sa journée d'entraînement, Dan dort profondément dans son lit, quand, soudain, il entend frapper à la porte.

– Dan ! Réveille-toi ! crie Drago depuis le couloir, en continuant à tambouriner.

Le garçon se redresse en bâillant.

– C'est quoi, tout ce bruit ? marmonne-t-il en se levant.

Il va ouvrir et grogne :

– Qu'est-ce que tu veux, Drago ?

– Viens, suis-moi ! réplique ce dernier, sans lui laisser le temps de poser plus de questions.

Toujours en pyjama, Dan s'engage donc derrière lui dans le couloir.

Bientôt, il arrive dans la salle commune, où Drago lui explique ce qu'il attend de lui. Shun, Lia, Wynton et Lightning, aussi peu réveillés que leur ami, sont déjà installés. Les Bakugan leur font face, déterminés. Ils placent les cartes à jouer sur la grande table.

– Sérieusement, tu nous mets au défi de gagner une partie de cartes contre vous en plein milieu de la nuit ? soupire Dan.

– Je suis désolé, déclare Shun en se levant, mais nous n'avons tout simplement pas le temps de jouer.

Les Combattants se lèvent tour à tour, prêts à retourner se coucher.

– Je vous en prie, attendez ! les arrête Drago.

– C'est très important pour nous ! tonne Trox.

– Si nous gagnons, vous devrez écouter nos requêtes, ajoute Pegatrix.

– Et si nous perdons, nous ferons ce que vous voudrez, promet Hydorous. Nous ne jouerons plus aux cartes, et nous nous entraînerons pour la Ligue de Combats comme bon vous semblera.

– Qu'en dites-vous ? demande Drago, plein d'espoir. S'il vous plaît, acceptez notre défi !

Les Combattants soupirent. Les Bakugan ne leur demandent

jamais rien... Ils leur doivent bien ça !

– Dans ce cas, gagnons rapidement et retournons au lit, lance Lia, alors que tous se rassoient.

– Je suis d'accord, approuve Wynton. On a une longue journée d'entraînement qui nous attend.

Comme d'habitude, Dan ne résiste pas à la tentation de se vanter.

– Je pourrais gagner cette partie même en dormant, affirme-t-il.

Il étudie les cartes alignées, face cachée, devant lui.

Le but du jeu est de retrouver les paires. Quand un joueur y parvient, il remporte les deux cartes. À la fin, l'équipe gagnante est celle qui a le plus de cartes.

Dan bâille en retournant une première carte.

– Un sept, constate-t-il avec un sourire. Je crois que l'autre carte est… juste ici !

Il soulève la deuxième carte… et pousse un cri de surprise.

– Hein ? Ce n'est pas la bonne ?

Déçu et vexé, Dan est bien obligé de reposer les deux cartes.

– Oh, je peux faire beaucoup mieux ! affirme Lia, en choisissant une carte à son tour.

Mais elle aussi se trompe, ce qui amuse Wynton.

– C'est vraiment beaucoup mieux, ironise Dan.

– Hé, je te rappelle que tu t'es trompé, toi aussi! proteste Lia.

Ce n'est pas comme ça que les Fantastiques vont se rapprocher...

C'est maintenant au tour des Bakugan de jouer.

Trox choisit ses cartes…

– C'est celle-là ! s'exclame-t-il.

– Bien joué, Trox ! le félicite Howlkor.

– Je suis gonflé à bloc ! annonce Trox, ravi. À ton tour, Drago !

– Comptez sur moi, réplique le Bakugan.

Concentré, il étudie les cartes. Là encore, c'est une réussite.

Quand arrive son tour, Wynton fait le mauvais choix.

– J'ai juste envie de retourner dans mon lit ! gémit-il, découragé et épuisé. J'ai tout raté !

– Si vous voulez terminer rapidement, remarque Shun avec son calme habituel, vous devez prendre le jeu très au sérieux.

– Tu peux parler, rétorque Wynton. Tu n'as réussi qu'à trouver une seule paire de cartes.

– Oui, tu as raison, reconnaît le garçon.

Lia soupire, puis pousse Lightning du coude.

– Allez, réveille-toi ! dit-elle. C'est à toi de jouer !

Lightning s'étire avant de retrouver deux cartes. Hydorous joue ensuite, et remporte une paire, lui aussi.

Après quelques tours de plus, les Bakugan se félicitent joyeusement. Ils ont gagné !

– Non, c'est pas vrai ! proteste Dan. Je ne peux pas croire que nous avons perdu !

– Maintenant, vous devez écouter nos demandes, annonce Drago.

Mais, à la surprise générale, Dan refuse.

– Je veux ma revanche ! exige-t-il.

Chapitre 5

LA REVANCHE

Plus question d'aller au lit : les Combattants et les Bakugan vont s'affronter dans une deuxième partie de cartes !

La détermination se lit sur les visages des Fantastiques : ils sont décidés à l'emporter ! Les amis sont concentrés, attentifs, ils se conseillent et s'aident mutuellement.

Malgré la tension, ils finissent même par s'amuser. Ce jeu est difficile, mais c'est tellement agréable de faire fonctionner sa mémoire et de retrouver une paire !

À chaque tour, les Fantastiques s'encouragent, se tapent dans les mains. Peut-être vont-ils se réconcilier, finalement? Trox, Pegatrix et

Drago échangent des regards complices : les choses sont en bonne voie.

Après une demi-heure de bataille acharnée, ça y est, toutes les cartes ont été remportées. Cette partie a été bien plus serrée que la première, il va donc falloir compter pour savoir quelle équipe l'emporte.

– … vingt-six, vingt-sept et vingt-huit ! annonce Dan.

– Nous en avons vingt-quatre, déclare Drago.

– Super ! On a enfin gagné ! triomphe Dan.

– On a réussi ! s'écrie Lia, ravie.

– Hydorous, j'ignorais que tu jouais aussi bien, remarque Shun.

Lightning aboie pour féliciter, lui aussi, les Bakugan.

– J'y pense, vous vouliez nous parler de quelque chose, tout à l'heure ? demande soudain Wynton.

– Nous croyons qu'il vaut mieux nous entraîner tous ensemble, explique Trox.

– Si nous sommes isolés, nous ne pouvons pas nous améliorer, renchérit Pegatrix.

– D'ailleurs, la vie solitaire, ça ne vous ressemble pas, ajoute Drago. Les Fantastiques aiment s'amuser ensemble, n'est-ce pas ?

– C'est vrai ! reconnaît Dan, en souriant. À partir d'aujourd'hui, on va travailler en équipe !

Drago approuve bruyamment. Les efforts des Bakugan ont payé ! Leur entraînement à tous va prendre un nouveau tournant. Ce n'est pas trop tôt !

Dès le lendemain matin, les Fantastiques mettent en pratique leurs bonnes résolutions. Enfin, leurs Bakugan s'affrontent sur les terrains d'entraînement : Trox contre Drago, Pegatrix contre Howlkor...

– C'est vraiment plus sympa comme ça, constate Wynton.

– Ça, tu l'as dit ! approuve Lia, caméra à la main.

– Quoi que fassent les Fantastiques, déclare Dan, l'important, c'est de s'amuser !

Lightning aboie : il est bien d'accord.

Soudain, une voix familière s'élève dans le dos des Combattants.

Tous se retournent.

– Hé ! Il y a une bonne ambiance, par ici !

– Ajit ! s'exclame Dan. Qu'est-ce que tu fais là ?

– J'aimerais bien participer à votre séance d'entraînement, répond simplement le garçon.

Les Combattants décident de faire une pause au pied d'un pommier, le temps de prendre des nouvelles de leur camarade.

– On ne t'a pas revu depuis le jour où Storm, le voleur fantôme, a tenté de voler la statuette à l'Institut, remarque Lia.

– Oui, je crois que tu as raison, dit Ajit, un peu gêné.

Ses nouveaux amis ignorent qu'il est l'apprenti de Storm...

– Finalement, on a réussi à sauver la statuette de Bakugan, lui explique Wynton. Ça aurait été bien, si tu avais été là...

Ajit se penche vers Pharol pour lui chuchoter :

– Tu vois : ils savent que c'est Storm qui voulait s'emparer de la statuette.

– Dis-moi, lance soudain Dan en s'approchant de Pharol pour l'examiner. J'aimerais savoir quelque chose : comment as-tu fait pour devenir le partenaire d'un Bakugan Doré ?

– Euh... Je ne me souviens pas, répond Ajit.

Dan est indigné. Comment a-t-il pu oublier ?

– Peu importe, décrète Ajit. Dites, les amis, j'ai une faim de loup, pas vous ?

– On s'entraîne sans relâche, et on ne s'est même pas arrêtés pour manger, constate Lia.

– Très bien, alors attendez une seconde, propose le visiteur.

En un éclair, il grimpe sur le pommier pour y cueillir des fruits. Les Fantastiques sont impressionnés : quelle agilité !

– Vous êtes prêts ? Attrapez ! s'écrie Ajit, en lançant des fruits.

– Ça sent vraiment bon ! s'exclame Lia.

Ajit se laisse glisser sur le sol. Après l'avoir rapidement essuyée sur son tee-shirt, il croque dans sa pomme… et fait la moue.

– Quelque chose ne va pas ? l'interroge Dan.

Ajit prend un air détendu et répond :

– Non, tout va bien ! Croque donc dans ta pomme, Dan !

Le Combattant acquiesce et mord dedans à pleines dents. Une seconde plus tard, il recrache le morceau avec une grimace de dégoût.

– Hé ! accuse-t-il. Tu t'es moqué de moi, ces pommes sont horribles !

– Désolé, je n'ai pas pu m'en empêcher ! explique Ajit, en riant.

Décidément, le garçon est heureux de retrouver les Fantastiques.

Chapitre 6

UN CHOIX DIFFICILE

Il est temps de reprendre l'entraînement. Avec Pharol et Ajit, les combats sont encore plus intéressants. Résultat : la journée passe en un clin d'œil !

En fin d'après-midi, les Fantastiques emmènent le nouveau Combattant au bâtiment principal. Shun lui montre sa chambre.

– Tu peux dormir ici, propose-t-il. Si ça te convient, bien sûr.

– Ouah, super ! s'exclame Ajit, en se jetant sur le lit. Merci !

– Dis-moi, où est-ce que tu habites, au juste ? en profite pour lui demander Shun.

Surpris par cette question, Ajit hésite.

– Eh bien, mon professeur et moi déménageons assez souvent, déclare-t-il finalement.

– Ton professeur ? Quel genre de professeur ? l'interroge Shun.

Au lieu de répondre, Ajit se met à rebondir sur le matelas avec un air ravi.

– Waouh ! Ce lit est très doux et moelleux, tu ne trouves pas, Pharol ?

– On se croirait sur un nuage ! confirme le Bakugan Doré.

Amusé par l'attitude du garçon, Shun décide de laisser tomber les questions. Ils feront connaissance en temps voulu !

Bientôt, les Combattants passent à table. Ce soir, c'est barbecue au menu ! Mais comme Dan est un glouton, il se précipite sur la viande qui vient de sortir du feu.

– Ah ! Donnez-moi de l'eau, vite ! hurle-t-il.

– Mange plus lentement, Dan, le sermonne Lia, en secouant la tête.

Ajit, lui, éclate de rire. C'est tellement amusant de vivre en groupe et avec des gens de son âge !

Après le dîner, les amis rejoignent la salle commune pour jouer avec leurs Bakugan. Ajit découvre leurs parties de cartes, puis participe à un concours de fléchettes.

– Super beau lancer ! le félicite Lia.

Très fier, Ajit va chercher un gâteau dans le saladier rempli de friandises.

– C'est la meilleure des soirées, dit-il à son Bakugan. Pas vrai ?

Pharol confirme : il passe un très bon moment.

Comme les Fantastiques sont encore en train de jouer, Ajit en profite pour sortir discrètement son deuxième Bakugan Doré, toujours enroulé, et lui souffle :

– J'espère que, toi aussi, tu pourras bientôt t'amuser avec nous...

Le lendemain, les Combattants reprennent la direction des terrains d'entraînement. Ils travaillent dur, et Ajit attire l'attention de tout le monde. Il faut dire que le Baku-Gear de Pharol est impressionnant...

– Pharol est vraiment incroyable ! commente Dan, en fin d'après-midi.

Épuisés par des heures de combats, les amis rejoignent enfin le bâtiment principal. Ils se détendent dans la salle commune quand Lia annonce :

– Hé ! C'est la dernière journée pour s'inscrire à la Ligue de Combats de Bakugan !

– J'ai tellement hâte de pouvoir me battre contre les meilleurs Combattants du monde, dit Wynton.

– Ça va être super ! s'exclame Dan. Pas vrai, Ajit ?

– Oh ! Je ne vais pas y participer, avoue le garçon.

Les Fantastiques sont surpris par cette annonce.

– Mais pourquoi pas ? s'indigne Dan. Ce serait l'occasion de te mesurer aux meilleurs des Combattants !

– Ton partenaire est un Bakugan Doré ! Tu dois absolument y aller, insiste Lia.

Mais Ajit secoue la tête. Il ne peut pas laisser tomber Storm.

– Je suis déjà heureux de pouvoir m'entraîner avec les Fantastiques, répond-il en souriant.

– Mais qu'est-ce que tu racontes ? s'énerve Dan. Tu t'es entraîné, et tu es prêt à te battre. Tu dois t'inscrire à la Ligue de Combats !

Malgré les protestations de Lia, le garçon s'empare de la tablette et se rend sur le profil d'Ajit.

– Voyons voir…, marmonne-t-il. Et voilà ! J'appuie sur « Envoyer » ! Parfait ! Je t'ai inscrit au tournoi juste à temps ! annonce fièrement Dan.

L'apprenti voleur soupire en se levant.

– Ce n'est pas une bonne nouvelle. Je suis vraiment désolé, explique-t-il, mais je ne peux pas consacrer tout mon temps aux combats de Bakugan.

Et, sans attendre de réponse de la part des Fantastiques, il quitte

la salle commune, puis le bâtiment principal. Il a besoin d'être seul.

Il marche jusqu'à la rive du lac. Là, il s'assoit pour réfléchir en regardant l'eau.

Il aimerait avoir une vie aussi facile que celle de ses amis, où il se préoccuperait uniquement de sa passion : les combats de Bakugan.

Mais il doit tout à Storm, alors il ne peut pas partir. Il doit continuer à être l'apprenti du voleur fantôme. Mélancolique, il s'empare d'une feuille pour siffler une mélodie.

Dans la salle commune, Lia s'inquiète pour leur camarade.

– Il a l'air tellement triste, souffle-t-elle.

– La vie d'Ajit est entourée de mystères et de secrets, déclare Shun. Il y a sûrement une raison derrière tout ça…

– Qu'est-ce que ça pourrait être ? questionne Lia.

– Je n'en sais rien, répond son ami. Mais c'est peut-être pour ça qu'il est incapable de porter toute son attention sur les Bakugan...

Sur la berge du lac, le téléphone d'Ajit sonne.

– Allô ? Storm ? dit le garçon. Oui, j'aurais dû vous avertir... Je serai de retour demain, c'est promis.

Il raccroche. Il a eu un moment de tristesse, mais il sait où est son devoir. Il se relève, déterminé.

– Allons-y, Pharol, lance-t-il à son Bakugan.

BAKUGAN

Chapitre 7

LE RÉVEIL

Le lendemain matin, les Combattants rejoignent l'un des terrains boisés.

– C'est la dernière journée d'entraînement, annonce Dan. Qu'est-ce que vous voulez faire ?

– J'ai une idée ! s'écrie Ajit. Je propose un combat : moi contre tous les Fantastiques !

Je veux me donner à fond, explique-t-il, devant l'air étonné de ses amis.

– D'accord, accepte Dan.

– C'est parti ! s'exclame Ajit, ravi. Bakugan, au combat ! Bakugan, transformation !

Pharol surgit sur le terrain, aussi majestueux et puissant que d'habitude.

Wynton est volontaire pour combattre le premier. C'est donc Trox qui fait face à Pharol. Ce dernier saute dans tous les sens pour désorienter son adversaire.

– Souffle Ardent ! ordonne Ajit.

L'attaque porte, et les points de vie de Trox tombent à 0.

– Comment fait-il pour être aussi rapide ? s'interroge Wynton, vaincu.

C'est ensuite au tour de Lia et de Pegatrix d'affronter le redoutable duo. Leur défaite est immédiate. Tout comme celle de Shun et d'Hydorous.

Quand Lightning et Howlkor entrent sur le terrain, Pharol a encore 650 points de vie !

– Tonnerre de Platine ! crie le Bakugan en lançant son attaque.

Pharol est touché... mais il ne perd que 50 points ! Sa riposte, en revanche, est impitoyable, et terrasse Howlkor...

– Je n’arrive pas à le croire, souffle Dan.

– Est-ce que j’ai été trop agressif ? questionne Ajit. Si tu veux, tu peux utiliser tes autres Bakugan, propose-t-il, pas seulement Drago !

Dan serre les poings.

– Tu veux vraiment te battre contre tous mes Bakugan ? s’assure-t-il. D’accord, pourquoi pas !

– Qu’est-ce que tu fais, Dan ? lui crie Wynton.

Mais son ami ne répond pas. Il est déterminé à voir ce que donnera cet affrontement.

– C’est parti ! s’écrie-t-il. Bakugan, au combat ! Bakugan, transformation !

Drago, Gillator et Cyndeous apparaissent et encerclent Pharol. Mais ce dernier parvient à bondir avant qu'ils ne l'attaquent !

– Il est trop rapide ! constate Shun.

– La rapidité ne suffit pas ! s'exclame Dan. Vas-y, Gillator : Brasier Sonique ! Barrage de Sabres ! Tornade Infernale ! ajoute-t-il à l'intention de ses deux autres Bakugan.

Cette fois, Pharol ne peut pas tout éviter. Ses points de vie tombent à 300... mais il est toujours debout !

– C'est vraiment dur de se battre contre trois Bakugan en

même temps, constate Ajit d'un air déçu.

Mais, soudain, quelque chose attire son attention. Il prend son Bakugan enroulé et remarque qu'il s'est mis à briller.

– Il se réveille enfin ! souffle Ajit, aux anges. Pharol, reviens !

– À tes ordres !

Ajit lance son deuxième Bakugan.

– Bakugan, au combat ! Bakugan, transformation !

Sous les yeux ébahis des Fantastiques, le Bakugan se déploie, immense et redoutable, avec ses 700 points de vie.

– Je n'y crois pas ! s'écrie Dan. Il a un autre Bakugan Doré !

– Il dormait jusqu'à présent, précise Ajit. Mais on dirait que l'énergie des combats l'a aidé à se ranimer !

– Après avoir dormi depuis un temps immémorial, le moment de me réveiller est arrivé, confirme le Bakugan. Je m'appelle Auxillataur !

– Je sens une puissance inimaginable, grogne Drago.

– Cercle de Tonnerre ! crie Auxillataur, sans attendre d'instructions d'Ajit. Une boule d'énergie lumineuse fonce sur les trois Bakugan de Dan, qui lui font face. Gillator et Cyndeous sont vaincus sur le coup. Drago, lui, tombe à 100 points de vie.

– Ce n'est pas encore terminé ! se révolte Dan, en lançant un BakuCore à Drago. Tornade Pyrus !

L'attaque fait mal au Bakugan Doré, qui perd 150 points de vie. Mais il riposte aussitôt, terrassant son adversaire.

Dan ramasse son Bakugan enroulé, puis se tourne vers Ajit.

– C'était vraiment un super combat ! déclare-t-il, plein de respect.

– Si je suis fort, c'est uniquement grâce à mon Bakugan, répond modestement le garçon.

– Tu ne perds rien pour attendre, réplique Dan avec un sourire. Ce ne sera pas si facile quand nous serons au tournoi !

– Merci de t'être battu courageusement contre moi, lui dit Ajit. Et aussi merci à vous tous, ajoute-t-il. J'ai beaucoup aimé m'entraîner avec vous.

Dan le regarde sans comprendre. Pourquoi leur dit-il tout ça ?

– Bonne chance et bon tournoi ! conclut Ajit, en tournant les talons. Au revoir !

– Ajit ! Tu ne peux pas partir maintenant ! lui crie Dan. On doit s'entraîner pour la Ligue. Tu as intérêt à te présenter, Ajit !

Mais le garçon ne l'écoute pas. Il file sans se retourner.

– Je veux absolument prendre ma revanche, marmonne Dan, en le regardant s'éloigner.

Pour les Fantastiques, le mystère d'Ajit reste entier…

AS-TU LU LES TOMES PRÉCÉDENTS ?

Pour tout connaître sur ta série préférée, fonce sur le site :
www.bibliothequeverte.com

TABLE

hachette s'engage pour l'environnement en réduisant l'empreinte carbone de ses livres. Celle de cet exemplaire est de :
300 g éq. CO_2
Rendez-vous sur
www.hachette-durable.fr

PAPIER À BASE DE
FIBRES CERTIFIÉES

Photogravure Nord Compo - Villeneuve-d'Ascq

Imprimé par Macrolibros en Espagne
Dépôt légal : mai 2021
Achevé d'imprimer : avril 2021
41.7983.9/01 – ISBN 978-2-01-713260-8
Loi n° 49956 du 16 juillet 1949
sur les publications destinées à la jeunesse